Belezas imperfeitas
a reconstrução do olhar

.belezas imperfeitas
a reconstrução do olhar

VITOR PENHA

REFORMATÓRIO

Copyright © 2022 Vitor Penha
Belezas imperfeitas – a reconstrução do olhar © Editora Reformatório

Editor
Marcelo Nocelli

Preparação de texto
Ana Pavla

Revisores
Marcelo Nocelli
Natália Souza

Fotografias dos ambientes em "Belezas imperfeitas" e "Aqui há poesia"
Alexandre Disaro

Capa, desenho gráfico e editoração eletrônica
Estúdio Risco

Dados Internacionais de Catalogação na Publicação (CIP)
Bibliotecária Juliana Farias Motta CRB7/5880

P399b   Penha, Vitor

     Belezas imperfeitas: a reconstrução do olhar / Vitor Penha. -- São Paulo: Reformatório, 2022.

     112 p. : 17x20cm

     ISBN: 978-65-88091-58-6

     1. Prosa brasileira. 2. Poesia brasileira. I. Título: a reconstrução do olhar

     CDD B869.8

Índice para catálogo sistemático:
1. Literatura brasileira
2. Prosa brasileira
3. Poesia brasileira
4. Arquitetura

Todos os direitos desta edição reservados à:
Editora Reformatório
www.reformatorio.com.br

Caleidoscópio de emoções.
Tudo se fragmenta e, do conjunto das partes, forma-se o belo.

MundosparaleloSoleɪɐqsobnuM

O olhar é a realidade de nossa experiência apenas e não a realidade em si. Da revelação e da subjetividade do pensamento nasce a tradução da emoção e, com ela, a realidade. Procuro adquirir filtros para o olhar da criação de nossa experiência, de nossa realidade, de nosso mundo. Sou um colecionador de filtros.

Sumário

Realidades
Real? 13
Realidade 17

Ver, olhar, enxergar
Olhar paralelo 21
Cobertor 22
Acolher o imperfeito 23
Belezas imperfeitas, a reconstrução do olhar 24
A perfeita imperfeição 34
Aqui há poesia 35
Vista 38
Reflexo 41
A lua e as torres da cidade 42
Assim vou remando, ... 44

Ouvir, escutar
Ouvir a luz 49
Ouvir a cidade 51
Ouvir o silêncio 53
Silêncio 55

Os sentidos ou apenas um?
Percepção 61
Espelho 63

O sexto sentido = mc2   65
Troca de sentidos   67
O sexto sentido   69

Realidades poéticas

Luz, a metáfora do real   73
Fragmentos   80
Será?   82
Sem nome   84
A dor da coragem   88
Minha cabeça   89
Lôco lôco lôco   90
Realidade curta   92
Mente que mente   93
Ode ao 50%   94
Um novo velho sentir   96
Morte e vida severina   97
Sepes   98
Incrivelmente simples   100
O rio que me existe   102
C`est la vie   103
O dia que nasceram asas em mim   104
Nocênimim   105
Amar por amar amar   106

ёRealidades

A realidade é meramente uma ilusão, ainda que bastante persistente.

Albert Einstein

Real?

Os sentidos apresentam características fisiológicas tão independentes e individuais que nos parecem divididos de uma forma precisa. Porém, na prática, não é bem assim. Somos mais harmônicos do que se poderia definir por essa separação. Do conjunto dos sentidos se forma a realidade. A gente é capaz de enxergar o barulho do que vamos ouvir, a aspereza que vamos sentir e por aí vai. Nossos sentidos poderiam ser compreendidos como uma grande orquestra em permanente sinfonia, mas não é isso que acontece.

Muito do que chamamos realidade vem da visão e esse sentido ocupa boa parte das funções de nosso cérebro, podendo chegar a causar percepções fantasmas em outros sentidos mais sutis e até alterar o que chamamos de real. A visão é uma líder no poder, carregando a possibilidade da certeza absoluta. Uma líder generosa ou ditatorial. Pessoas podem ficar presas eternamente pela frase "eu vi".

A visão é a realidade mais imediata e de fácil construção de uma nova. A luz é uma metáfora do real. A tecnologia atual tem a facilidade de realidades simuladas produzidas pela força desse sentido.

A dominância da visão afeta diretamente a percepção do conjunto de informações recebidas e das realidades a serem construídas.

Ver é o físico, olhar é a curiosidade. É uma janela que se abre para o enxergar, que é a revelação de algo escondido. Os olhos veem, a alma enxerga.

Ao aprofundar nesses estágios da visão (ver, olhar, enxergar), ocorre uma aproximação de nosso segundo sentido majoritário que é o ouvir, que também tem seus estágios de aprofundamento.

Ouvir é o físico e escutar é a compreensão. É possível ouvir alguém falando sem escutar uma palavra do que ela diz. Os ouvidos ouvem, mas quem realmente escuta é a alma.

Ver, olhar, enxergar, ouvir, escutar, tocar, cheirar, degustar: um caminho de aprofundamento dos sentidos que nos leva a nós mesmos.

A capacidade de enxergar algo está ligada à capacidade de escutar. Um ouvido curioso e aberto é um caminho para enxergar o que não se vê. Nesse ponto da imersão, os sentidos se misturam e ocorre um enxergar que escuta, uma escuta que enxerga. Foi nesse estágio que encontrei o significado da palavra empatia.

As redes sociais e os avanços tecnológicos nos sobrecarregam de imagens que nos colocam no estágio do apenas ver, sem sequer ingressar na possibilidade de um novo olhar — quem dirá nos sentidos mais sutis. Até a sexualidade hoje se aprende pelo "ver" e não mais pelo toque delicado da descoberta. Tudo fica visual e curto.

Um olhar de pouco horizonte afeta diretamente nosso segundo sentido master que é a capacidade de escutar nosso entorno (tente conversar com alguém que está com o foco em um celular, ele provavelmente nem escutará). Olhares curtos nos fazem surdos a tudo que nos rodeia e são uma barreira intransponível para acessar os outros sentidos mais sutis.

A visão assume a sua supremacia na construção de uma realidade e anestesia qualquer avanço na direção dos outros sentidos mais frágeis e delicados. A imagem vem pronta e é como se houvesse barreiras interrompendo o caminho nesta estrada do sensorial e consequentemente de auto percepção e possibilidades de existências.

A realidade fica curta e autocentrada como existência e sem o aprofundamento no caminho do escutar; a empatia deixa de se expressar. A visão pode ser um filtro embaçado para enxergar o que realmente significa na vida.

Começar um caminho para desconstruir a força de nosso sentido dominante, a visão, por meio da poesia, pode ser o início de uma estrada sensorial de descobertas pessoais e de percepções coletivas que nos regem.

Ao quebrar a rigidez do olhar questionando os padrões e significados do belo, libertamos um olhar aprisionado pelos devaneios da perfeição. É um exercício de enxergar diferentes realidades que nunca serão perfeitas, pois não existe perfeição.

Um olhar aberto feito o da criança gera um olhar poético que capacita enxergar e não ver, escutar e não ouvir. Experimente olhar distante e escutar o que o vento te conta.

Um local de encontro dos opostos, onde somos imperfeitos, irreais e infinitos. O local do sexto sentido, o sentido da arte, da fé, do amor, o sentido da vida.

Algumas compreensões que transcendem o poder da palavra individualmente só conseguem se revelar por um conjunto delas, através de prosas e versos. Belezas imperfeitas vem com este convite para a abertura de um olhar poético que possibilite a este sentido regente, a visão, assumir seu papel de maestro nesta grande sinfônica que se chama corpo e alma.

Realidade

O que é a realidade:
1 realidade, atualidade, existência.

Que existe verdadeiramente:
2 concreto, efetivo, existente, factual, palpável, tangível, verdadeiro, objetivo, positivo.

Que é genuíno:
3 autêntico, fidedigno, genuíno, legítimo, lídimo, original, verídico.

Relativo ao rei:
4 régio, realengo.

Digno de um rei:
5 magnífico, majestoso, majestático, magnificente, grandioso, nobre, suntuoso.

Opostos:
6 aparente, fictício, imaginário, irreal, suposto, ilusório.

Ver, olhar, enxergar

As coisas são mais belas quando vistas de cima.

Alberto Santos Dumont

```
o l e l a r a p r a h l o     .  o
 l                          t     s
   u                      n       s
     g                  a         e
       n              t           v
         â          s             a
                  i               o
                o d               d
                r                 r
              a   t               a
            h       u             h
          l           o           l
        o                         o
```

Cobertor

O imperfeito é colocado no lugar de vilão, mesmo sendo ele nosso melhor e mais gostoso cobertor. Ao construir um espaço, tento criar harmonia e beleza na sensação de inacabado. Para isso, busco compor o descontínuo, os fragmentos, as desconstruções e as memórias do processo — assim como somos. Podemos adquirir um novo olhar externo e esse olhar curioso nos convidar a perceber uma ordem maior na desordem de nós mesmos.

Acolher o imperfeito

Minha casa é feita com materiais simples: pia de azulejo, bancadas de concreto bruto, tubulação aparente; há cortinas de plástico em meu chuveiro, além de cadeiras rasgadas e marcadas pelo tempo.

Minha assistente me disse uma frase reveladora: *"Sua casa é gozada..."* Fiz um olhar de espanto e perguntei: *"Por quê?"* Com um olhar de obviedade, ela respondeu: *"A gente, que é pobre, entra aqui e acha que tem igual; "os ricos" entram aqui e até gritam de felicidade, por que ninguém grita na minha casa?"* e gargalhou satisfeita, achando graça na armadilha que "os ricos", segundo ela, caiam.

O segredo é a percepção do belo. Existe uma diferença entre beleza "o belo". A beleza geralmente percorre o caminho da estética e do olhar, "o belo" percorre o caminho da compreensão e do significado. A percepção é cheia de códigos e é importante um olhar humilde para entendê-la.

Encontrar beleza no que é imperfeito é encontrar "o belo" em nós mesmos.

Belezas imperfeitas, a reconstrução do olhar

Nasci nos anos 60, sob o signo da liberdade, com ascendente em praticidade e lua em revolução. Esguia, pernas finas e ágeis, mas com a força do aço. O desenho da nova mulher.

A revolução do sutiã estava nas minhas roupas de vinil cor de laranja, com linhas expressivas e livres, em tons de preto e dourado.

Sim, sou uma cadeira dos anos 1960.

Pode-se dizer que fui de fases. Em meu auge, representava um novo pensamento e estilo de vida. Para driblar o avanço da idade, o plástico era minha melhor proteção e manteria minha pele lisa e inabalável. Trazia leveza, praticidade de manutenção e o design simples e industrial da nova era. Era inspiração de um futuro de liberdade para a dona de casa — que ainda tinha alguns outros afazeres, não muito distantes do antigo conceito de uma boa esposa, é verdade. Mesmo assim, era a promessa de mais felicidade e de uma vida mais igualitária.

Foi um lindo sonho. Mas como tudo na vida se move, esse modelo também se transformou e as marcas vieram. Hoje em dia me chamam "cadeira tipo casa de vó". Acho um elogio! Pois acabei sendo apenas dela mesmo e, quando ela se foi, perdi

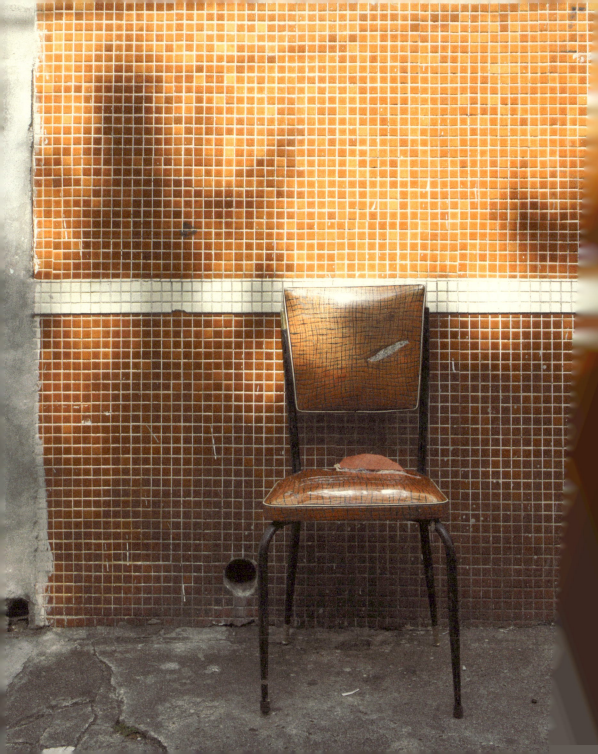

o meu valor também. Passei do jantar para o almoço, do almoço para a lavanderia, até que cheguei ao depósito, onde fui esquecida. Meu vinil esgarçou mais ainda, expondo minhas camadas e mantas internas; já não conseguia oferecer meu colo com o mesmo conforto. Em minhas pernas, a umidade foi desenhando minhas emoções e a ferrugem me enfraqueceu. Estava envelhecendo. Memórias acabam na garagem e, no fim, amontoam-se em alguma loja de móveis usados. Nostalgia é uma palavra em desuso. Cheguei ao fundo do poço, era vista como lixo.

Um dia, já na rua, enquanto esperava meu trágico fim, um raio de luz sobre minha pele coincidiu com olhar curioso de alguém que buscava poesia e beleza. Um olhar de turista, que mapeava todo conjunto. Fui selecionada sem saber o porquê. No caminho, ouvia a minha nova história e de minha nova casa. Escutava os detalhes do meu futuro. Estava esperançosa: com certeza passaria por uma cirurgia revitalizadora, voltaria a ter pernas lisas, receberia camadas de tinta... Já sonhava com meu novo estofado — seria algo delicado. Aí, sim, eu seria uma joia! Uma nova vida!

Foi quando, em meio aos meus sonhos, fui acordada pela notícia de que seria mantida intacta. Minhas cicatrizes seriam preservadas. Nenhuma intervenção seria tomada a meu respeito. Meu mundo caiu. Naquelas condições, só me restaria o destino de algum canto decadente em que seria explorada até minhas últimas forças, para depois ter meu fim definitivo: ser vendida pelo peso do meu esqueleto em aço. Faltaram olhos para as lágrimas daquele momento. Isso só fortaleceu minha ferrugem.

Então cheguei a um lugar estranho...

Vi peças semelhantes a mim. Peças também marcadas pelo tempo. Mas elas não estavam tristes. Ao contrário, pareciam orgulhosas de sua posição.

Minha estranheza foi ainda maior quando fui colocada em destaque na mesa de jantar. Não, não era o canto de uma oficina decadente e bagunçada, era a mesa de jantar!!!

Era um lugar incomum. Tubos percorriam os tetos. Paredes expunham suas entranhas e lembranças e se integravam ao acervo histórico de meu novo dono.

Havia uma relação especial de luz e sombra — mais sombra do que luz, mas luz o suficiente para dar contraste e brilho aos pontos que contavam suas trajetórias de vida. Um significado iluminado, que era sussurrado de forma silenciosa nos ouvidos de olhares curiosos. Uma beleza construída pelo caminho do equilíbrio dos opostos, que ostentava o orgulho de cada cicatriz.

De repente, nascia em mim uma autoestima nunca antes notada. Eu fazia parte de uma orquestra de narrativas que flutuavam pelo espaço da casa. Um cheiro de memória pairava no ar.

Hoje, o espírito dessa escola do olhar já tocou pessoas das mais variadas origens e experiências de conhecimento. Outro dia, minha osteoporose fragilizou e trincou uma de minhas pernas. Precisava de um pino e a assistente de meu dono me carregou cuidadosamente até o serralheiro.

Ao chegarmos lá, a ofensa foi imensa. Ele disse:

Por que quer consertar isto?! Já é lixo!!

Eu estava presa ao silêncio mas, para minha sorte, a assistente me defendeu:

Respeita ela, é a cadeira da mesa de jantar do meu "pratão".

Sem mais questionar, o serralheiro se restringiu a executar minha cura.

Ao ser trazida de volta ao meu lugar pelas mãos carinhosas da assistente, pude testemunhar, emocionada, a compreensão de nossa filosofia. Ao encontrar com meu dono, ela contou:

— Você acredita que o serralheiro queria jogar fora a sua cadeira? — falou, com espanto.

Em seguida, fez uma pausa de silêncio e, com sabedoria, ela disse:

— É, nem dá pra culpar ele. Se fosse vista no lixo, ninguém diria que vem de um dos apartamentos mais descolados do bairro.

Ela refletiu um pouco mais e continuou:

— Como é importante a gente não acreditar até no que a gente vê! — concluiu, com a certeza de ter se livrado da ditadura do olhar.

Naquele momento, entendi que a beleza está além do que se vê, numa forma de comunicação silenciosa, carregada no significado de nossas marcas. Beleza é som, é pele, é cheiro, o conjunto de todos os sentidos. Beleza arrepia!

Nossa filosofia está ajudando a novos olhares na vida. Olhares leves, craquelados da verdade, poéticos. Me mantenho firme na missão de despertar olhares curiosos. Agora sou cheia de empáfia! Mas com a humildade de quem aprendeu, pelo avesso, a se orgulhar da própria história e memória. Sou uma Beleza Imperfeita.

A perfeita imperfeição

Beleza é cheiro, é som, é arrepio
Olhar aberto, sem pedágio à emoção
Beleza é dançar música lenta
Ouvir a experiência
Sentir o presente e o oposto
                        Tempo
É tempo de poesia
É tempo de olhares leves e sorrisos
Olhares craquelados da verdade, transformadores
De uma mágica que todos queremos
Na emoção da beleza imperfeita
da sombra que glorifica a luz,
O olhar do avesso
O distante que aproxima
                        medroso
                        curioso
                        corajoso
Um ser único como parte da natureza
Um ser presente e imperfeito
                        Refletir
Espelhos de um mundo melhor
Belezas imperfeitas em nós mesmos
A perfeita imperfeição

Aqui há poesia

6h30
toca o despertador
Um dia gelado de inverno em que até o sol se recusa a nascer, atrás das nuvens, com medo de enfrentar os estiletes finos do vento que canta. Um dia muito frio e único, como outro qualquer.

Deitado ainda, sinto a moleza acentuada pelo abraço de minha cama, que insiste em me puxar. Espero o segundo sinal do despertador, anunciando o início do espetáculo do existir.

A música do vento lá fora transforma-se em violinos que sussurram segredos que nem sabia que eram meus e em sonhos que quase acontecem. Fico no vácuo entre a inconsciência e o despertar.

Levanto em direção ao banho quente, que não me livra da morosidade mas me permite algum despertar e vou livrando-me penosamente do calor de minhas cobertas.

Minha percepção ainda se confunde entre o sonho e a realidade. Um trem que vai num ritmo lento até a estação dos problemas do dia a dia. Neste contexto, olho para o teto e, de repente, sou abduzido por um catalisador do real. Enxergo as bolhas e o descascado da tinta bege sobre a laje branca.

A dimensão da mancha e do problema aumentaram para uma grandeza que exigirá alguma atitude. Ontem não era um problema e hoje se tornou um grande problema.

Não conseguirei olhar mais para o teto nessas condições. Sei que sou cuidadoso e não fazer nada com aquele descascado será o significado de um abandono na vida.

Já imagino todo processo — não é apenas um teto, mas um conjunto de tubulações pintadas na mesma cor, um teto que se estende por todo o quarto com uma pintura que não aceita retoques; o pó nos cantos que nunca mais sairá de lá, o cheiro da tinta que vai ficar, terei que dormir fora... No mínimo uma semana inteira longe da minha rotina.

O tamanho da minha preguiça pelo processo aumenta na mesma proporção da mancha branca que parece aumentar a cada olhada.

Aceito o meu destino ainda inconformado pela falta de opção. Tento me convencer de que não passa de um teto descascado. Meu sentimento descontrolado insiste que trata-se de um grande problema enquanto minha razão argumenta e negocia dizendo que isso não passa de pequenas coisas do dia a dia. O sentimento regido pelo barulho mostra sinais de vitória. A banda toca alta e me convence do problema, por mais que eu resista.

Só me resta o enfrentamento. Que venha! Percebo que não quero mais o sentimento do barulho, quero o segredo do silêncio. Respiro fundo, busco escutar o silêncio e enxergar o invisível. Então olho novamente: de espírito aberto, neutro, curioso me vem a melhor saída.

Vista

Eu morava em um apartamento num prédio de dois blocos — um de frente para o outro. Ao chegar em casa, a primeira coisa que fazia era fechar a persiana de alumínio em um ângulo preciso que me permitia olhar os andares inferiores do outro bloco, mas de um modo que mantinha a minha privacidade. Eu queria ver, mas não queria ser visto.

Há um ano me mudei para outro apartamento. Dessa vez, era um apartamento com vista — uma vista tão ampla, mas tão ampla que me dava a sensação de que ninguém me via e eu como um expectador em um camarote de frente ao palco. Um espetáculo que me jogava e me fazia flutuar pelo horizonte.

Me sentia feliz por isso, mas nunca imaginei o impacto. A grande janela que rasga de ponta a ponta a arquitetura e me permite ver a massa de prédios que comprovam a colocação da cidade entre as maiores do mundo — uma paisagem imóvel que representa tanto movimento e vida; um skyline formado pelas montanhas ao fundo, que rodeiam São Paulo. Mudei para um apartamento e ganhei a vista de uma cidade e não mais a de poucos vizinhos.

Criei um projeto de luz artificial baixa em intensidade e direcionada para o chão que me permite, mesmo com as luzes acesas e janelas fechadas, continuar vendo o horizonte como fundo. Desde o início, mudei meu ritual e, quando chego em casa, a primeira coisa que faço é abrir as persianas e escancarar a vista. Minha privacidade estava muito mais exposta, mas a escala me convencia do contrário.

Comecei a conviver com o horizonte achando que era só uma vista. Mas no dia a dia isso começou a me causar efeitos, dos mais variados possíveis — às vezes insônia por uma cidade que me chamava à vida; às vezes gratidão por entender os universos paralelos que coexistem; às vezes medo pela proporção; alegria pelas oportunidades; fé; outras vezes, um vazio tremendo diante da grandeza da cidade, que se traduzia de forma diferente para cada trilha sonora que escolhia para acompanhá-la. Também comecei a observar o movimento da natureza, as chuvas que caminhavam em minha direção, um vento que soprava alto e que às vezes me parecia música, noutras me ameaçava, num caleidoscópio de emoções que me dava vontade de me trancar na toca do meu quarto.

Comecei a me sentir inseguro com o que essa experiência poderia me causar, mas decidi me entregar a esses avessos e à experiência desse olhar mais amplo. Descobri que, quanto mais longe olhava, mais perto de mim chegava.

Foi assim que percebi o quanto São Paulo é uma cidade de olhar curto, um olhar alienado da distância que vai até o carro da frente, o outro lado da rua, o prédio da frente, o vizinho imediato. Olhamos de muito perto e nos acostumamos, nos tornamos ansiosos e imediatistas, numa cidade de corre-corre. Perdemos a capacidade de olhar o horizonte e cometemos a mais infiel das traições: a distância de nós mesmos.

Como o pintor que a cada pincelada dá um passo para trás e observa sua obra de longe, é possível exercitar fisicamente a amplidão do olhar, buscando um distanciamento, de cima.

Não é preciso morar num apartamento com vista para encontrar alguma forma de ampliar nosso ponto de fuga. A cidade, o céu, o mundo continua sendo de todos nós. Basta olhar e respirar.

Reflexo

Reflexooxelfe̴Я

R e f l e x ã o
                                            Distantes
e próximos

refletir, conselho ambíguo

O meu reflexo me afasta de mim pelo olhar externo
A minha reflexão me aproxima de mim pelo meu olhar
Imagem e essência medem forças

Refletindo, me refletindo, refletindo
                              Reflexo é resultado

A lua e as torres da cidade

A lua que nasce entre duas torres da cidade (uma delas filha da Eiffel) é brilhante e sépia, nasce imensa, a cor laranja do satélite se confunde com as luzes da torre; uma camaleoa que, de forma suave, faz sua dança mudando de tamanho, cor e brilho, desenhando o céu de forma lenta, como uma bailarina de butô.

Às vezes, a lua nasce cheia revelando o mais profundo dos seres; orgulhosa em sua composição teatral com as torres, uma estrela em noite de estreia.

Noutras, nasce atrás das antenas, minguante, tímida e disfarçada, tentando imitar os tons de luz da torre que a protege, mas sempre acaba se revelando.

Perdida em seus ciclos, esquece as torres e aparece de dia, tenta competir com o sol que a anula pelo excesso. Toda sua energia é gasta num brilho que passa despercebido por muitos.

Às vezes, nem nasce — não tava a fim de nascer naquele dia. Permanece escondida em sua sombra e no silêncio. E as torres continuam isoladas em suas estabilidades. Um palco iluminado, sem a peça acontecer.

A lua é apenas a lua, estável em seu material, tamanho, formato e rota. Caberiam centenas de milhares de torres em sua superfície. Mas minha realidade é o que vejo, e vejo a lua com uma torre capaz de ser o esconderijo de sua personalidade tímida, sua dança ao mudar de cor e tamanho, seus descontroles e seus silêncios; seu brilho de estrela no palco rodeada pela sombra da plateia. É assim que ela se mostra real pra mim e me confundo entre conhecimento e visão, na dúvida de qual será a realidade da lua.

Assim vou remando,

Amo desentupir pia,
Odeio pia molhada.
Amo espirrar,
Odeio soltar pum.
Amo jogar tempo fora,
Odeio que roubem meu tempo.
Amo o frescor da chuva,
Odeio enfiar o pé no barro.
Amo cheiro de lírios,
Odeio coentro.
Amo couve crua,
Odeio morango com chocolate.
Amo música cafona,
Odeio quase nunca escutar.
Amo meus olhos,
Odeio minha bochecha.
Amo beijar caqui mole e gelado,
Odeio sopa muito quente.
Amo sentir água gelada na pele,
Odeio passar frio.

Amo observar as pessoas,
Odeio ser descoberto.
Amo ser curioso com a vida,
Odeio ler jornal no banheiro e leio todo dia.
Amo beber água quando acordo,
Odeio acordar.
Amo transpirar,
Odeio suar.
Amo me fazer de louco,
Odeio ser louco.
Amo dizer coisas com o olhar,
Odeio não ser compreendido.
Amo o silêncio,
Odeio amar.
Amo odiar,
Odeio odiar.
Amo amar,
Assim vou remando...
Amo,
Odeio.
Amo,
Odeio...
O que me define?

Poesia.

Ouvir, escutar

*Cada vez irei vendo menos, mesmo que não perca a vista tornar-
-me-ei mais e mais cega cada dia, porque não terei quem me veja.*

José Saramago

Ouvir a luz

A arte, espelho revelador, é uma passagem, uma chave, um código, uma magia que transforma e assim foi minha experiência com *Blind Light*, uma instalação artística de Antony Gormley. Era uma imensa caixa de vidro, do tamanho de uma grande sala, com vapor d'gua dentro, formando um denso *fog* que refletia uma luz branca muito intensa, transformando todo o conjunto numa massa sólida dessa luz. Nela, a Luz assumia uma forma concreta disposta a ser permeável.

Um segurança, na única abertura, controla, de forma silenciosa, a nossa entrada na instalação. Logo nos primeiros passos, há uma queda no buraco de Alice e a noção completa do espaço se perde. Sombras se aproximam e se afastam; ouço o som confuso da reação das pessoas que estão dentro da caixa; os olhos buscam um foco e, na sua ausência, encontramos na audição a lanterna dos afogados. Apenas relaxar e ouvir. Os sons emitidos pelas vozes que traduziam as suas experiências se misturavam ao ambiente formando uma acústica peculiar que reverberava pelo espaço. Do conjunto desses sons que expressavam diversas experiências individuais formou-se a minha.

Caminhei sem a mínima noção de direção. Descobri que espaço é som e comecei a tentar escutar o que a luz me falava.

Escutava uma mistura de vozes no espaço que me confundia. Tentei encontrar um local de silêncio em meu interior e a Luz me sussurrou seus segredos bem baixinho na fronteira de meu ouvido.

Ela me contou que a cegueira branca é diferente da cegueira escura. A presença da luz tirou o medo. Foi na cegueira iluminada, na luz em sua pureza, que entendi a segurança que ela nos traz contra o desconhecido da escuridão. A mesma experiência, numa completa escuridão, teria outro significado. Foi assim que percebi o quanto a presença da sombra afeta as nossas próprias sombras — nossos medos, angústias, inseguranças e afins.

Desde que o homem dominou o fogo (a Luz), a escuridão passou a ser opção e não mais algo imposto, inerente aos nossos ciclos. Passamos a fugir da escuridão na busca de segurança e, consequentemente, de nossas próprias sombras.

A luz materializada, porém, só se revela bela quando a sombra existe; o equilíbrio dos opostos com frequência é mais revelador. Quanto maior a presença da sombra, mais mágica e sedutora ela se apresenta, fortalecendo-se em seu oposto; é sua natureza.

O exercício de perceber e compreender a luz física em sua forma simbólica pode ser uma forma que lidamos com nossas emoções sombrias e iluminadas — uma autoanálise. Para quem busca uma vida iluminada, a negação de nossas sombras interiores pode ser uma armadilha. Onde encontrar um ponto de equilíbrio dos extremos? Luz em excesso também cega.

Ouvir a cidade

A velocidade da caminhada está diretamente ligada à capacidade de perceber o entorno. Passos apressados nos permitem uma única direção de olhar.

Olhar é descobrir.

Saio a caminhar a passos lentos.

Gosto de me fazer turista, com um olhar aberto e curioso, a desvendar o que para mim, naquele momento, é uma nova cidade.

Ando de metrô, observo as pessoas distraídas em seus pensamentos: uns lendo algo, outros descobrindo outras pessoas na conversa ou no olhar, alguns descobrindo a si mesmos, explorando seus mundos próprios. E eu, sentindo-me observador de tudo, consigo escutar cada uma de suas falas, quando não, invento-as e volto a escutar, e todas juntas viram uma trilha sonora peculiar, própria dessa mistura.

Os prédios, as casas, as ruas, as calçadas, as pessoas passam apressadas em seus mundos paralelos. Um letreiro me atrai a atenção. Leio em voz alta e ninguém me escuta.

Alguns até me olham, mas não conseguem me enxergar de verdade.

Crio trilhas sonoras especiais, ou apenas a trilha do local que tento vasculhar.

Curioso, procuro um click mental que fotografe e dê significado àquele momento.

Dirijo meu próprio filme mentalmente.

Olho a cidade e sinto como se ela me olhasse também e nesse sentimento iniciamos nossa conversa. Escuto seus desabafos, ela me sussurra coisas com um vento suave que roça minha pele e assim me percebo ouvindo, respirando, sentindo aromas, atribuindo significados a esses estímulos, ao exercício de estar presente e todos os sentidos passam a ser únicos em meu corpo, encontro meu ritmo e continuo a caminhar a passos lentos.

Ouvir o silêncio

Confuso do alto de um prédio sozinho em casa. O escuro como refúgio invadido pelas luzes da cidade através de uma larga janela de ponta a ponta da sala.

Uma noite fria, comprovada por um grande relógio da Avenida Paulista que mostra a temperatura alternada com a hora, é a prova concreta da passagem do tempo independente da minha vontade.

A terra da garoa assumindo seu título e um vento uivando alto que na mente agitada soa como a sirene de pânico — enquanto eu estou na torre com uma catástrofe anunciada.

Os pensamentos crescem e ficam maiores que a cabeça que os abriga; me sinto confuso no avesso de mim mesmo.

Diálogos internos defendem suas causas num debate frenético; ambos falham nos desejos de suas conquistas, o não diálogo permanece.

Pensamentos que se trombam.

Um leão recém-capturado em sua cela.

Rodo sobre mim mesmo.

O vento continua uivando na rotação de uma sirene avisando o ataque aéreo que se aproxima.

Nesse contexto de retalhos, fecho os olhos e com uma respiração profunda ouço a cidade e me proponho a escutar.

Escuto uma buzina ao longe, o ronco dos motores, a porta que bateu, o elevador que sinalizou seu movimento e então escutei o vento uivando. Roubo seu movimento e deixo que flua em minha mente um redemoinho que se transforma em ciclone interno, arrastando todos os pensamentos como que sugados por uma força maior que deve ser respeitada. Escutar a natureza do meu entorno é escutar minha própria natureza. Meu corpo escutou e seu canto entrou em mim e o que era sirene foi se transformando em violino de Tchaikovsky.

Abri os olhos lentamente, o que me permitiu um olhar mais amplo; contemplei então o silêncio que se fez em mim e vi nas luzes da cidade um belo *Monet* contemporâneo, sendo criado na minha frente pelos pincéis da fina garoa. O olho do furacão, onde tudo se acalma.

Conquistei um novo olhar pelo caminho de ouvir o silêncio, o meu próprio.

E me veio à mente:

Quantos "Monets" já deixei de enxergar, roubado pela aflição?

É difícil aceitar e compreender que, apesar de tudo e de todas as urgências cotidianas, ainda assim, existe uma força da natureza maior que a do pensamento.

Silêncio

Nossa maior capacidade de ouvir começa nos caminhos sem sons

Os sentidos ou apenas um?

O sentido da vida só pode existir dentro dos limites da mente humana. Sendo assim, o sentido da vida não está em algum lugar por aí, mas, sim, entre nossas orelhas e, de muitas maneiras, isto nos faz o Deus da criação.

Stephen Hawking

Percepção

O que nos faz humanos? A inteligência? O troféu do topo da pirâmide da cadeia alimentar? A capacidade de nos reconhecermos no espelho? A consciência da finitude? A noção, muitas vezes errônea, de erro? Tudo isso é tão genérico...

O que me faz humano?

Tentar desenvolver a generosidade de um olhar, a compaixão sincera, o amor, gestos que enobrecem a alma? Sim, me sinto humano, e muito, mas já nem sei se meus melhores adjetivos me definem. Muitas vezes me percebo assustado nessa experiência chamada vida, onde nem sempre consigo ser a melhor versão de mim.

Será que a consciência da luta dos opostos (luz e sombra, certo e errado, ato e efeito, medo e coragem, avessos que me colocam diante de constantes decisões de passado e futuro) me define humano?

Exercitar os sentidos me coloca no presente. Sentir, cheirar, ouvir, tocar, olhar, experimentar, respirar, beijar. Mergulhar num local sem palavras, sem tempo e sem os avessos humanos.

A capacidade de arrepiar com um vento suave que acaricia a pele. Sentir o mesmo arrepio do sopro interno de escutar uma música que desenha uma memória. A sensibilidade da audição. Aprender a escutar, exercitar esse sentido em seu aspecto mais sutil – é muito importante. Escutar a sabedoria do vento, sentir seu toque na pele é a chave que abre a porta da emoção mais contida. Ouvir seus conselhos, que sussurram de forma suave, é o caminho para a melhor escolha. Meu maior medo é não conseguir me fazer companhia nas consequências desta escolha – escutar o vento me dá a segurança de que me farei. Conselhos que me conduzem a tentar ouvir além da audição, enxergar além da visão.

 O cheiro suave de uma memória e o prazer dos sabores da alquimia de uma refeição são a poção mágica que transforma, química que revitaliza.

 Tento me divertir com leveza, brincando de perceber a vida no segundo que passa. Dar significado a essa experiência me enche de poesia e assim dou um passo em direção a me fazer humano de alguma forma, inteiro, presente e atento a tudo o que me rodeia, da pele permeável que me veste, aos sons que regem as ondas da emoção.

Espelho

No espelho exercitamos nosso olhar, às vezes de negação, às vezes de deslumbramento, na busca do melhor ângulo que representa nossa dor ou alegria, no ensaio da fala mais convincente, nas pequenas grandes tarefas dos cuidados de nosso corpo que insiste em ter vontade própria.

A certeza de um ser e essa mesma certeza que enche de dúvidas. Percebo a existência de um olhar externo sobre mim e sou capturado pela incerteza desse olhar; uma percepção totalmente alterada que me rouba de mim mesmo, corpo e alma separados por essa incerteza do reflexo que me vê. Sou minha existência ou a do espelho que me vê? Por conceito, me divido.

Somos educados com essa separação, essa dicotomia: vamos aos templos cuidar de nossa alma e na academia cuidar de nosso corpo. O caminho da integração é necessariamente o da percepção, olfato, audição, tato, paladar, visão, ferramentas dessa grande máquina chamada corpo.

É possível sentir como se cada parte do corpo pedisse voz. Não atender essas solicitações, a não atenção aos desejos das partes, deixa uma alma refém, presa a um corpo que pede por revoluções. A alma, uma líder política aprisionada em seu castelo no meio de uma grande guerra civil, grita por socorro.

A cura da alma tem por caminho o corpo. Hermeto Paschoal cita no documentário *Janela da Alma* que onde enxergamos é na testa (ponto do terceiro olho) e onde escutamos é na nuca; olhos e ouvidos são coisas da terra. Isso tem a sua verdade, experimente: aprender a ouvir na nuca o lamento de cada parte do corpo. Exercite esse sentido de forma externa e interna. Escutar os sons é respirar o silêncio. E, ao ouvir o silêncio, podemos escutar a força das mãos, das bases dos pés, o peso dos ombros, a emoção do peito, o coração que pulsa, a voz que sai na expressão de cada desejo... E assim conciliar corpo e alma, reflexo e existência.

Procuro entender que cada parte é o todo e, ao conseguir um diálogo das pequenas partes de meu corpo, me sinto uma pequena parte que dialoga com algo maior — um DNA do universo que, de alguma forma, guarda em si todos os seus códigos e informações. Guardo em mim as senhas dos cofres do universo. Assim, sinto-me inteiro e fragmentado, o reflexo de mim mesmo e em paz.

O sexto sentido = mc2

Impossível definir o indefinível. O sexto sentido, a nascente dos sentidos onde todos os outros desembocam, início e fim, nascente e queda, cheio e vazio, claro e escuro, onde estes opostos se encontram. Sentir sem explicação. A união dos cinco sentidos que se resume por poesia (sentimento). Um raciocínio com a ausência de um pensamento lógico. Uma presença ausente de mim. O sentido sem sentido, mas com significado. A compreensão do poder do tempo que rege a trilha sonora da ausência de pressa.

Inteiro e metade ocupam exatamente o mesmo espaço. O vazio infinito que reverbera em meu peito ou o preenchimento suave do que não se traduz? Uma quietude interna que consigo ouvir dentro de mim, uma autoridade silenciosa que toma as decisões por mim e me faz livre.

Ouvir as ondas de frequências inaudíveis aos nossos ouvidos. O espírito leve no extremo de sua densidade. Corpo e alma se encontram na pele fina do oceano e flutuam entre o céu e a terra.

O sexto sentido é o sentido da experiência do que se chama de mundo físico sem ter a mínima ideia do que realmente se faz físico, material e real; da compreensão submissa de gostar ainda mais das perguntas sabendo que não teremos as respostas definitivas; o local de encontro da física e da religião, da experiência religiosa sem a gaveta de uma doutrina; do local do sagrado onde reside a arte, a brincadeira, a alegria, a leveza; da sabedoria sem o conhecimento, da prova da relatividade do tempo, da física que explica a alma; energia e matéria a mesma coisa. O universo se dividindo em dois: espaço e energia.

O sexto sentido = mc^2.

Troca de sentidos

Hoje acordei com as percepções trocadas. Meu paladar foi substituído pela audição: ouvi meu café da manhã que me desejou bom dia e suas palavras me encheram de disposição. No almoço, ouvi a música de uma refeição memorial; já meu jantar tocou música suave, com trilha sonora delicada e cheia de nuances. Todos me falaram de seus sabores, de suas almas. Me senti cúmplice de cada um de seus segredos.

Minha audição virou minha visão. Enxerguei os segredos mais íntimos de todos no silêncio. Era como se fossem sussurrados diretamente ao meu coração e à minha mente, mesmo sem nenhum som. O silêncio quando nos faz enxergar, nos conta de um local que nenhuma palavra alcança. Segredos sem nome ou tradução, mas reveladores.

Minha visão virou meu olfato. Olhei para meu desejo, e o cheiro da vida que explode, encheu minha alma. Cheirei a vida e vi meu passado como um filme pelo cheiro da memória. Um ioiô do tempo onde meus olhos eram apenas telas de projeção de cada perfume que selecionava o filme de uma época vivida.

Meu olfato virou meu toque. Podia sentir pelo cheiro, a aspereza e suavidade de cada objeto. O cheiro do calor me abraçou, o cheiro de vento me acariciou e lhe respondi com meu arrepio. Cada cheiro me tocou de uma forma especial. Os aromas viraram pele.

Meu tato virou paladar e pude sentir no toque cada sabor; as mãos experimentando na suavidade o doce de cada conquista e na aspereza os sabores ácidos e azedos de cada derrota. Mãos que também puderam experimentar o calor explosivo de um desejo no toque com outras realidades.

Meu dia passou embaralhado, tudo ficou muito misturado, minha percepção se fez confusa mas, ao mesmo tempo, organizada ao criar, em mim, uma nova realidade. Um labirinto sinalizado por estímulos, um bagunçado que me organizou. Será em mim essa realidade, ou será o caminho da realidade de todos? Não sei. Mas vou aproveitá-la ao máximo. E mesmo não acreditando em religião, me percebi orando a Deus, com a força da fé, e pedindo para que meus sentidos permaneçam assim.

O sexto sentido

Ouvir com a pele
Cheirar com a boca
Saborear com os ouvidos
Tocar com a respiração
Beijar com os olhos
Olhar, não ver
E tudo enxergar.
O sentido sem sentido, mas com significado —
A experiência da união de todos
O sexto sentido:
O sentido da vida.

Realidades poéticas

Eu nunca senti falta da visão, percebo coisas maravilhosas que ninguém enxerga e todo mundo achando que eu não estou vendo... e estão enxergando menos que eu... essa visão interior que eu tenho, pra explicar bem, é o que a gente desenvolve mais, é a visão interior...

Hermeto Paschoal

Luz, a metáfora do real

O que é luz? Sempre falamos no assunto, mas nunca realmente pensamos O QUE É LUZ??

Pergunto-me buscando uma compreensão para além do mental.

Fisicamente, é a parte visível do espectro eletromagnético. Mas, para além disso, luz é mágica e, como toda mágica, é transformadora — a mágica construção da realidade. Se o sol explodir agora, continuaremos a ver seu passado por 8 minutos como se o astro estivesse intacto pois ele está a 8 min/luz daqui. A luz carrega tempo e espaço; é uma metáfora do real.

Luz, assim, é esta "onda de realidade" que percorre "o nada" como energia pura; que, ao encontrar a matéria, reage, vira onda e, ao chegar aos nossos olhos, constrói essa realidade em nosso cérebro que sensorialmente traduzimos em existência. Ao trabalhar com a luz trabalhamos com uma ferramenta capaz de nos convencer de uma realidade. O mesmo acontece num projeto luminotécnico.

Porém, não basta a compreensão física da luz — é a nossa compreensão filosófica que permitirá que nossa existência interior brilhe. E isso vale tanto para a luz natural como a artificial: é a compreensão física aliada à tradução simbólica e filosófica da luz que nos possibilita um aprofundamento no conhecimento do que chamamos realidade e também de nós mesmos. A luz é cheia de paralelos na nossa existência. Uma pequena chama no pior dos breus sempre será uma grande orientadora que traz um efeito tranquilizador.

O universo é cheio de luz e vive na escuridão. A luz só aparece quando se encontra com a matéria que cria anteparos que refletem a sua presença — pode ser um planeta, uma parede ou "nosso ser" interior. Originalmente, no funcionamento das lâmpadas, a energia elétrica que passava pelo fio só virava luz quando encontrava resistência e a superava — e assim também é a vida. Nessa mesma linha de pensamento, o led (a evolução da luz por resistência) é uma espécie de domínio quântico que nos mostra que devemos gerar luz com menos energia e sem desperdiçar em calor. Ainda vejo muitas pessoas tentando gerar luz, porém desperdiçando muito calor em emoções brutas e intensas. Poderíamos ser mais leds.

O termo "dar à luz", compreendo com crase, pois é uma mãe que oferece um filho à realidade. E por aí vão os paralelos possíveis. Minha experiência como arquiteto e em projetos de luz artificial me fez adquirir um repertório de observação da luz como um estímulo sensorial capaz de criar realidades, mas que é absorvida de forma individual por cada um.

Sabemos que a luz exerce grande influência no comportamento de todos os seres vivos. Acredito que o formão que entalha nossa alma é o modo como percebemos e reagimos à luz; países com luz natural intensa refletem uma população intensa na mesma escala. Mas onde existe luz existe sombra na mesma proporção. O Brasil é um país de contrastes marcados pela presença de uma luz intensa que se recusa a qualquer pedido de licença. Isso nos faz cheios de luz mas também cheios de sombras. Somos passionais e explosivos, talhados por essa luz intensa que brilha. A luz, esta metáfora do real, apesar de ser um recorte, é tratada como a verdade absoluta; assim, coloca a visão como protagonista e diretora na construção de como enxergamos o mundo e, consequentemente, na construção de nossa realidade.

Ela influencia o consciente coletivo que rege um povo, mas não podemos deixar de observar a individualidade das reações de cada um. Afinal, a existência é tão individual e diversa que a mesma luz pode criar realidades totalmente opostas. O estímulo é o mesmo, mas a percepção é individual. Comecei a aplicar esta observação a meus projetos e aprendi que eles devem ser compatibilizados e harmônicos com o contexto externo e com o interno (uma luz invisível que cada um carrega).

Contexto externo

Certa vez fiz um projeto para um amigo em Londres. Mandei um projeto cênico, cheio de contrastes, com uma luz de baixa intensidade. Ao apresentar a ideia, logo ele me respondeu: não esquece que eu moro em Londres. Lá a luz natural chega a ser quase cinco vezes menor do que em alguns pontos do Brasil. A necessidade dele para uma quantidade de luz artificial era totalmente diferente da de um brasileiro que se vê saturado de luz no dia a dia. Um projeto que funciona aqui, não funcionaria lá.

Do mesmo modo, bem-estar para mim não é bem-estar para o outro. A mesma luz pode ser percebida de forma totalmente diferente. Uma luz baixa e cheia de sombras, dependendo de seu contexto externo, pode se traduzir como acolhimento e aconchego para uns, ou medo e insegurança para outros. O contexto do entorno pode modificar totalmente a percepção para o mesmo projeto de luz.

O mesmo projeto de luz em locais diferentes.

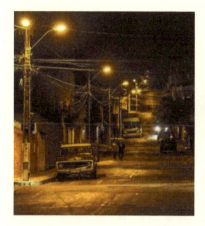 

O mesmo local, com projetos de luz diferentes.

Contexto interno

Para ser um desenhador de luz é preciso um olhar curioso e revelador sobre a pessoa que irá vivenciar esse projeto. A experiência, a vivência e a observação desse universo tem me mostrado que a capacidade de as pessoas conviverem com sombras no seu entorno está diretamente ligada à sua capacidade de conviver com suas próprias sombras. Faço um exercício em minhas aulas: apresento um manequim iluminado e depois sombrio e peço para me descreverem o que sentiram. A presença das sombras nessas imagens tende a conduzir para sentimentos de medo, tristeza, tensão — sentimentos de nossas próprias sombras. A presença de sombras em um projeto lembram a existência das nossas próprias.

Pessoas em fase de depressão ou com sinais de algum distúrbio psicológico necessitam de projetos mais claros e uniformes. A luz pode até ser baixa, mas a sombra não pode ser intensa.

Um de nossos desafios de crescimento como seres humanos está na capacidade de nos relacionarmos com nossas sombras (vide Peter Pan, eternamente criança, com sua sombra sempre em fuga). Aí entra uma questão importante: a luz só se revela bela quando a sombra existe e, quanto maior a presença da sombra, mais bela e mágica ela se apresenta. Reconhecer nossas fragilidades de forma acolhedora traz à tona a sombra necessária para desenhar luz.

Assim é mais um paralelo que sua natureza nos ensina. Com isso cheguei à conclusão de que se deve pensar em um projeto de sombras. Afinal de contas, são elas que nos causam maior reação. Ensinar as pessoas a lidarem com a presença física da sombra, entendendo seus limites, é uma forma de se auto referenciar e de desenvolver uma empatia com o usuário. Já num projeto de uso coletivo, conduzirá para a seleção do perfil do usuário.

Há a luz que funciona e a luz que emociona. O excesso de luz sempre funciona, mas é somente a sombra que emociona. Choramos no escuro. Há de se buscar a qualidade da luz pelo sentir e pensar o caminho das sombras. A luz sempre foi almejada em todas as filosofias de vida e religiões e esse caminho sempre tem como estrada as sombras, os medos, as inseguranças. Essa mesma relação precisa ser respeitada em projetos de luz artificial como forma de sensibilizar.

Por isso, quando faço um projeto, não penso na luz, mas sim nas sombras. "Compreender um conceito pelo seu contrário é fotografar sua alma", já dizia Nilton Bonder, em *A alma imoral*, na adaptação muito bem montada por Clarice Niskier. O mesmo vale para nossa luz interna. Reconhecer nossas sombras e acolhê-las é glorificar a nossa luz.

Mais do que conhecimento físico sobre luz é necessário também seu conhecimento filosófico e sensorial. Tudo é luz, física e filosófica. Apenas, Luz! Uma luz interna que cada um carrega e se afina com as luzes do entorno. Ao compreender essa relação podemos dialogar e escutar o que ela nos conta e entender que luz é poesia para a alma.

Fragmentos

Comecei a falar corretamente aos sete anos. Tinha dislalia.

Não saía de casa sem meu pequeno guarda-chuva, óculos escuros e uma mala que levava meu patrimônio. Qualquer peça a mais era desnecessária.

Ficava embaixo da pia da cozinha porque gostava do cheiro úmido.

Meus pais e minha irmã insistiam em não pedir licença ao meu amigo imaginário Sepes, ou, pior: sentavam-se em cima dele, sem a menor cerimônia. Isso sempre foi motivo de briga.

Hot-dog era o vira-lata e meu melhor amigo.

Meu melhor amigo humano era o Duda, um menino com deficiência intelectual. Só eu entendia o que ele dizia e assim naturalmente ele se tornou meu grande protetor.

Brincava com carrinhos de ferro *matchbox* e os guardava em suas caixas após cuidadosamente cadastrá-los por ano e número.

Todo dia, às 19 horas em ponto, saía em direção à casa vizinha de meus avós, acompanhado da minha maleta. Ficava lá até o relógio de pêndulo bater 21 horas. O terminar das batidas era o sinal de voltar pra casa.

Uma vez quis salvar um peixe do frio e o embrulhei num pano.

Colocava o chinelo havaianas entre o segundo e terceiro dedo porque achava mais equilibrado.

Tinha um gorro que, quando se perdeu, foram dias de febre.

Na casa dos meus avós, meu primos comiam queijo quente e eu couve crua.

Aprendi desde cedo que meu maior desafio seria lidar com a perfeição.

Será?
  E assim será...
    Será o mesmo pra você?
      Será que vejo o mesmo que você?
      Será que ouço o mesmo que você?
    Será o sol em minha pele o mesmo pra você?
  Será o beijo o mesmo pra vc?
Será?
A noite me agonia e guia
nos paralelos que se encontram
Minha realidade, idade
Um rio chamado tempo
Águas turbulentas, lentas águas
 tento escolher as que me levam até você
Será o mesmo pra você?   Será?
O vento me sussurra, urra...
Meus olhares, lares
Mundos paralelos elos elos elos

Serei eu, o mesmo pra você?			Serei?
Vejo alegria e tristeza num mesmo sorriso
brincadeira constante de cara e coroa, paralelos na face
Um som, um dom, tudo me desperta, me aperta
Desperto e chego perto
Será?
    Será o beijo o mesmo pra você?
        Será o sol em minha pele o mesmo pra você?
           Será que ouço o mesmo que você?
        Será que vejo o mesmo que você?
    Será o mesmo pra você?
  E assim será...
Será?

Sem nome

Um dia sonhei que estava numa casa que era a casa da minha infância. Mas não era a casa da minha infância de verdade.

Era uma casa que me parecia estranha e distante de minhas lembranças visuais e, ao mesmo tempo, cheia de referências conhecidas: texturas, sons, cheiros. Uma alma presente que ia além do que os meus olhos viam.

Foi um sonho que tinha seu cheiro próprio de memória, cheiro que vinha com um vento conhecido, que cruzava e acariciava minha pele. Uma luz de inspiração cubista desenhada pela janela que iluminava um bolo. Sentia o áspero do piso da cozinha e um eco em cada mínimo som que o pé direito alto proporcionava. A saudade do som daquele silêncio parecia uma orquestra de estímulos.

O tempo passou a ser subjetivo neste sonho cuja realidade tornou-se perceptível. Uma realidade surrealista, romântica, impressionista, contemporânea, algo difícil de entender. Mas não é assim com os traços que os sonhos desenham? Quem os entende? São como pinturas que podemos até não entender, mas sabemos se gostamos ou não.

Era como se o tempo voltasse e parasse, ao mesmo tempo. Imagens que eu não reconhecia, mas que traziam a vida da minha casa, "a casa de minha infância".

E, como os sonhos são, por natureza, imprevisíveis, amigos e cruéis, do nada o silêncio foi ficando diferente, anunciando uma mudança que veio com um vento ainda mais forte, o céu escurecendo, e as águas de um pequeno riacho transbordavam até ficarem do tamanho de um oceano. O silêncio aumentava seu grito. Até que essas mesmas águas recuaram, um recuo a perder de vista, anunciando, então, o tsunami que vinha na distância e que, pela sua altura, escurecia até o céu. Me vi em um segundo de pânico, um segundo que me pareceram horas a fio para a chegada das águas.

Mas o tempo é sensorial e, naquele momento, cara e coroa se tocaram — um tempo que foi, um tempo que ia e um tempo que ficava.

Vinha a onda lenta, escurecendo o céu. Tentei me encolher abraçando uma coluna da casa, acreditando, de forma fantasiosa, que aquela posição poderia ser uma salvação.

Para minha surpresa, quando a onda chegou, a casa não foi inundada, mas se levantou e seguiu como um barco que se adaptava ao agito da grande onda em águas turbulentas.

Mesmo assim, meu desespero crescia pois a velocidade só aumentava e eu não sabia onde toda aquela água me levaria. Nada era seguro naquele momento líquido que já me causava náuseas.

Aterrorizado, percebi que era no lugar do medo que enfrentaria a situação. Decidi deixar de tentar me segurar e soltei a coluna que abraçava. Como um passe de mágica, foi como se o tempo diminuísse seu ritmo e tudo começou a voltar a ser lento; as águas foram se acalmando e eu, então, de repente, comecei a flutuar e a levitar de forma estável no meio de tudo aquilo que me rodeava. Meu tempo era outro. Tudo foi parando, as águas estabilizando, a luz voltou, a casa foi se assentando devagar no solo já seco e me vi de novo "na casa da minha infância" que não era "a casa", mas era. O silêncio voltou a ser orquestra.

Acordei suado como se o tsunami tivesse passado pelo meu quarto e só tive certeza de que não ao perceber que tudo ao redor estava seco, que meu quarto era este, agora, o de um homem adulto.

Não consegui dormir mais naquela noite. Este sonho me foi tão real que não tenho como não tentar buscar algum significado.

Resolvi compartilhar com a minha família a parte das lembranças da casa para saber se lhes era familiar também. Comentei em um jantar com meus pais e irmãos. Contei cada detalhe que definia a "casa de nossa infância" e percebi que muitas das minhas memórias eram só minhas mesmo. Pouca coisa podia ser compartilhada, apesar do esforço perceptível para se associar algumas poucas passagens. Eles também contaram memórias suas que, na maioria das vezes, não combinavam com as minhas. Muitos dos relatos foram bastante precisos, cheios de detalhes e de adjetivos, mas sem um "nome" e cheios de "nomes" em mim.

Lembranças sem nomes que são anônimas pela falta de palavras que lhe expressam e que somente o silêncio compreende. Lembranças que me fazem flutuar mesmo no medo, que ressignificaram o tempo e o espaço e assim ressignificam também minha realidade.

 Neste contexto lúdico, surreal, foi onde, de repente, tudo adquiriu um sentido. E foi naquele exato momento que percebi que eram estas lembranças, boas ou más, tristes ou alegres, leves ou pesadas, que me construíram, me deram forma, me deram voz e um olhar particular no mundo. São estas lembranças que o nome não alcança que me fazem flutuar nessas ondas, às vezes tsunamis, outras surfando, outras flutuando, pulando as de desejos. Ondas que acontecem todos os dias.

 Ainda espero mergulhar mais em mim mesmo nesse mar que me existe e conseguir enxergar outras poesias que traduzam o que o silêncio, assustador ou acolhedor, me conta. Uma gratidão, onde as palavras silenciam, mas a poesia alcança.

 Você consegue enxergar poesia em você?

A dor da coragem

A dor da coragem!
A coragem de me ver frágil
                e exatamente por isso me sentir forte
    ingênuo
                            e desperto,
        de me expor
                             e protegido,
        menor
                             e grande,
        de aceitar meu medo
                             e ser confiante.

Qual o maior medo ?

Caminhos do medo,
caminhos da dor,
caminhos da coragem,
caminhos da liberdade.
A mesma estrada sem sinalização.
A coragem de sentir o medo.
A dor da coragem!

Minha cabeça

minha cabeça era uma ampulheta
meu pensamento arranhou minha garganta
e secou meu sentimento.

minha cabeça era um oceano
e as ondas com uma força poderosa afogaram meu peito.

minha cabeça era uma cachoeira
a queda livre de uma torrente de pensamentos machucou meu
estômago.

minha cabeça era o espaço
a falta de gravidade esvaziou meu pensamento.

minha cabeça era um palito de fósforo
Que alívio!
Mas pegou fogo e me f...

minha cabeça era um coração
pulsou um sentimento e passou a ser apenas minha cabeça.

Lôco lôco lôco

Será loucura o medo ou a coragem?
                a segurança ou o risco?
                              o pensamento ou o vazio?

A loucura dos artistas,
        dos renegados,
        dos aventureiros
        e abnegados.
        Da formiga operária.
        Do voo da liberdade.
                      Lôco muito lôco mesmo
                de tranquilizar a mente
                de movimentar o espírito
de ser quem sou
        de apenas ser
                ser único, ser coletivo, ser duplo, voltar a ser único.

O corpo, rádio receptor da alma
que se perde no infinito,　　　　Lôco Lôco Lôco
　　　　　　　　　　　presente e ausente,
　　　　　　　　　　　consciente e inconsciente,
　　　　　　　　　　　AQUI
a morte como parte da escolha da vida
um nascimento sem início
uma morte sem fim.
Lôco

　　　　　　　　　　lôco
　　　　　lôco,
ser louco
louco ser
apenas SER.

Realidade curta

Não quero pensar em nada!
Não quero pensar em ninguém!
Não quero pensar!
E só de tentar não pensar já penso:
Penso que penso demais
Penso na fé, rezo
Mas continuo pensando
Meu pensamento transita em escalas de proporção
Penso no medo que a desesperança me causa
Penso no colo da esperança
Penso que preciso dormir e não pensar, mas continuo pensando
E volto a querer pensar em nada.
Não quero pensar em nada!
Não quero pensar em ninguém!
Não quero pensar!
E só de tentar não pensar já penso
Penso que penso demais
Penso no colo da esperança
E volto a querer pensar em nada.

Mente que mente

A mente que me mente ou mente que mente a mente?
Será minha mente a construção de uma mentira?
O pensamento que mente e altera a minha mente.
Mentiras e pensamentos.
mentiras e emoções
Mente e mente, palavras gêmeas separadas pelo pedágio da compreensão.
A realidade sonora de um contexto que passa pela curadoria da mente e entra na tradução da emoção.
Será a emoção uma mentira de mente?
Ou mente que mente a mente?
Simples
Mente

Ode ao 50%

Oh, 50%
Porcentagem única da vida
A metade da chance
A cada passo a dicotomia cósmica
Roteiro do sim e do não
A fé no destino acolhe o coração
Cara e coroa a todo momento
O incerto assume seu papel
Desistência e esperança mostram suas armas
Único 50% em tudo na vida
Apenas uma face exposta da moeda
50% sempre
50% de sucesso
50 % de culpa
Razão da minha insônia
A consciência de sua realidade é a consciência de minha humanidade
Oh, 50 %, não seja tímido se escondendo na utopia do controle das escolhas do tempo
Oh, 50%, companheiro constante, presente e amigo, inimigo e cruel, em cada minuto

Uma corda bamba tensionada pelas mãos do tempo sobre um imponderável rio
Oh, inabalável 50% do sim ou do não
Nas expressões perdidas das miragens do amanhã, a moeda vai ao alto
Na certeza de me fazer companhia na cara ou na coroa, vaza a ansiedade e lhe digo oh inexorável 50%
Obrigado por me colocar, apenas, no exato momento que passa

Um novo velho sentir

Velho ou novo sentimento?
Às vezes acho que faz toda diferença, mas que diferença faz?
Me perco em mim mesmo.
Sentimentos que me assustam
a solidão em noite escura
que me motiva
Sentimentos com o sentimento de que eles não me pertencem.
Sentimentos com o sentimento de que eles são pessoais, únicos
e intransferíveis.
RSPV
Algo que vem a cada dia, sentimentos que se repetem com a
mesma surpresa única de sempre e muitas vezes, se repetem diariamente.
O que se repete é novidade de um sentimento antigo.
Um novo que já vem velho, mas sempre novo.
Novo modo de lidar, novo contexto, nova experiência.
Um rastro de foguete, que nos puxa sem mesmo perceber.
E assim sentimentos velhos, tornam-se novos,
fazendo toda diferença, mas
Que diferença faz?

Morte e vida severina

Servidão, servir
Quem nunca se viu em vida Severina?

Sua morte e sua vida definem a minha
Servir, palavra ambígua
Servir é empatia
Severina é servidão.
Uma vida Severina
É minha morte
A morte severina
É minha vida.
Severina a servir
Morte e vida Severina.

Sepes

A natureza soprou forte.
Um dia você chegou com a leveza do vento
na cor e no passo de um saci.
No silêncio, a nossa comunicação.
Eu, rodeado pelo meu patrimônio de segurança, amuletos que protegiam o meu sentir
Meu pequeno grande mundo.
Você, a liberdade de apenas ser, o vento seu cúmplice que te carregava. Trazia em seu existir
o cristal da esperança como fonte de energia.
Um brilho intenso e próprio, uma estrela cadente em seu peito.
A luz, presa pela sombra da sua cor, vazava pelos olhos
o dom de um olhar que se perde no nada e encontra o essencial.
Um lapso planejado do universo, o guardião de nosso segredo e silêncio, mas um dia o vento uivou.
Um chamado que reverberou no infinito e ecoou no meu coração.
A natureza soprou forte,
e um dia você se foi
foi com a leveza do vento,
   com a força do vento,
   com o vento, seu melhor cúmplice e simples assim, foi.

O universo receoso de ser revelado te chamou de volta
a natureza com a indiferença sábia de seu poder executou a tarefa de te levar
e comigo, a dor humilde da compreensão de nosso destino e simples assim, fiquei.
Fiquei com a missão de não saber qual seria minha missão
seu cristal delicado ficou como legado, uma estrela cadente desprotegida
a água passou a simular seu abraço amistoso
e se perdeu no tempo.
O tempo
     foi com a leveza do vento
     veio com a força do vento
     em sua existência concretamente subjetiva
   em sua arbitrariedade de escalas, determinou meu calendário.
     o desenho de suas luzes no céu carimbam um diário só
compreendido pela distância,
     uma obra de um artista ausente
     E simples assim o tempo passou...
A natureza soprou forte, o vento uivou.
Um dia você voltou
     voltou com a leveza do vento,
       com a força do vento.
       com o vento, seu melhor cúmplice
       e simples assim
                   voltou.

Incrivelmente simples

O peito dói sufocado por um grito que não sai, uma camisa de força apertada que me impede de respirar; meus braços simulam essa camisa como se não tivessem vontade própria. A alma encharcada transborda pelos olhos e embaçam meu olhar
O encolhimento frio do vazio.
O silêncio grita por sua presença.
Aceitar, aceitar, aceitar...
Respirar na dor.
Deixar sair um berro, um choro, um pedido de socorro.
Mas só o silêncio grita por sua presença.
Uma chuva intensa, que arrasta montanhas, enche os rios e inunda meu rosto.
As pessoas de minha história
ao mesmo tempo dentro do meu pensamento.
Seu perfume passa a ser meu.
Sentir seu cheiro no lençol já lavado.
Um matrix que te projeta em cada ângulo já fotografado pela máquina da memória.
O amor aberto, o mar aberto, a dor aberta.
Afogo-me em emoções.

Como um salva-vidas, escuto o apelo do silêncio que me salva de mim mesmo, a mente se entrega ao vazio.
Silêncio — meu coração, apaziguou meu olhar que ainda transborda de emoções; a pele vai estabelecendo seus limites,
a respiração volta ainda sufocada mas encontra um mar calmo.
Flutuo nesse mar e fecho os olhos.
Visito-te em meus sonhos.
Durma bem, durma em paz, meu amor!

O rio que me existe

Quando o eco de mim mesmo me coloca diante de outros olhares, tento ser fiel.
A fidelidade distante da consciência, distante dos olhares, mas próximo de um único, o meu.
O que se pode dizer de um olhar?
Somos um povo de espelhos.
Olho nos olhos dos outros, mas só me vejo.
O reflexo da retina dos olhos que tentam me revelar é meu próprio espelho.
Olhares externos me confundem.
Pequenas, grandes, médias represas no caminho de meu rio.
Pequenas, grandes, médias alturas de mim mesmo.
O volume e a velocidade da correnteza regida pela emoção e neste turbilhão de um rio profundo que me existe, só me resta a pergunta:
qual a profundidade segura para minha altura?

C'est la vie

O maior desafio dos últimos tempos a dor a dor o ar o ar ardor que afoga o peito as dores de parto de um nascimento forçado e prematuro a surpresa do inesperado a exposição de minha ingenuidade a ironia contida no sarcasmo o ácido do ciúme a retirada o medo o peito dói a fala sai sufocada a indiferença a exposição de minha ingenuidade se acentua fantasia e me joga sem pena num túnel do tempo e caio sem proteção num passado que mais me assusta o corpo reage à cólica de uma dor visceral enfrentar o medo abrir o peito a dor sobe contrariando qualquer lei da gravidade rasga o peito como a lâmina quente de um facão cangaceiro o eclipse da alma luz e sombra se sobrepõem a alma cigana inicia seu ritual de passagem os fantasmas de meu passado se reúnem num show de talentos mesmo sendo eu único na plateia do grande teatro antigo e abandonado da minha memória a noite seduz o tempo e o distrai do seu despertar a noite se prolonga por um tempo sem tempo o show começa e não termina o sol nasce contrariando o esforço da noite uma luz que clareia todo espaço e descansa um pouco o coração já exausto da batalha de apenas permanecer e para muitos e muitos mesmo tudo não passou de um dia como outro qualquer c'est la vie.

O dia que nasceram asas em mim

Eu cai!!
Cai de uma emoção —
Um vento forte que soprou na ponta de um penhasco.
O corpo seguro pelas cordas que me envolviam,
as mesmas que me puxaram rochedo abaixo.
Cai de uma emoção —
Queda livre na direção de um denso fog.
A respiração na prisão do incerto.
Senti no corpo a dor do medo e seu poder me silenciou.
O tempo não passava, horas e horas em queda livre.
Meu corpo travou imóvel na imagem roubada do tempo que parou.
Na coragem de aceitar
um movimento aconteceu; abri e fechei as mãos, meus braços se mexeram, meus olhos se fecharam.
Respirei a refrescância doce do ar
que impulsionou seu brotar.
Da dor, enfim, o suave movimento
Do movimento, a consciência
Da consciência, o sentimento
Do sentimento, as asas para a liberdade de meu voo.

Nocênimim

Nocê
Nimim

Nocê a terra expróde
Nimim o fogo arde

Nocê vejo a vida que frôresce
Nimim a água que refresca a arma

Nocê vejo um mundo mais humano
Nimim um animar que agradece seu destino
Nocê a força do céu
Nimim o vulcão que expróde a paixão

Nôce nimim já nem sei mais

Amar por amar amar

Amor é onda gigante
tormenta de uma paixão que pede voz.
atormenta e acalma a humanidade.
Uma estrada curva de um caminho interno
onde as placas de sinalização surgem muito lentamente na espessa neblina.
Reconhecer a força presente na sombra de um oceano profundo
e eu, um pequeno barco na sua pele fina
tentando navegar nas suas nuances.
Encontrar a cadeia, a corrente, o elo de nossas salvações.
A minha natureza
pimenta que arde, anestesia a boca.
A pele vaza, enche meus olhos de fogo.
Pactuo com a terra em um terremoto,
um coração tomado pelo fogo esquenta meu olhar
uma dança com vontade própria
um corpo sem divisas
um gemido forte que desintegra as fronteiras de minha pele
e explode na correnteza que escorre em direção ao mar
um grito do desejo mais profundo que sai para ser cúmplice de
um canto com a vida.

Volto a respirar, a mente vira cúmplice do infinito
abrindo o ar, com a paz profunda e a respiração ainda ofegante
deste momento
a alma fica sedenta do frescor da água
minha natureza cantando sua música
meu corpo dançando nossa dança
nossos braços, o repouso de nosso silêncio
e apesar disso, e ainda assim
na liberdade de nossa individualidade
e em mim
amar por amar
amar.

Agradecimentos

Aos criativos que participaram deste projeto.
Minha família que sempre acolheu minhas estranhezas.
Meus amigos, que viraram minha família e continuaram a acolher.
Minha vira-lata que me ensina alegria.
A cada pessoa que cruzou minha vida, algumas me ensinaram um caminho de luz, outras que a sombra também é um caminho.
A uma força maior que me conduz em cada decisão.
A todos estes que me ensinaram que é na imperfeição que se ama.

foto: Ian Lopes

Vitor Penha é arquiteto e urbanista formado pela Universidade Mackenzie, com mais de 25 anos de experiência em direção de criação, onde desenvolveu projetos de arquitetura e interiores, sempre na busca de um novo olhar sobre o imperfeito e memórias dos espaços. Assina projetos por todo Brasil e América do Sul. Venceu vários concursos da área. Foi professor de luminotécnica durante 8 anos no curso de Arquitetura da FAAP (Fundação Armando Alvares Penteado) e atualmente é professor no curso online de luminotécnica na EBAC (Escola Britânica de Artes Criativas). Atualmente é diretor de arte da Somauma, incorporadora de células regenerativas na cidade de São Paulo, onde desenvolve espaços mais afetivos e humanos, o que se traduz em biofilia e encantamento para quem os habita. Trabalha o projeto *Belezas Imperfeitas*, seja na arquitetura, na educação e nas artes, como forma de expandir horizontes internos de nossa existência. É colecionador de objetos de memórias por paixão, e poeta pela vida.

Esta obra foi composta em Arno Pro em papel Pólen Bold 90g/m2 para a Editora Reformatório em setembro de 2022.